A vida por um ideal

série
JOVEMBRASIL

A *vida por um ideal*

LANNOY DORIN

ILUSTRAÇÕES DE JORGE FANTUCCI

Editora do Brasil

Dados Internacionais de Catalogação na Publicação (CIP)
(Câmara Brasileira do Livro, SP, Brasil)

Dorin, Lannoy
   A vida por um ideal / Lannoy Dorin ;
ilustrações de Jorge Fantucci. – São Paulo :
Editora do Brasil, 2016. – (Série jovem
Brasil)
   ISBN 978-85-10-06426-2
   1. Ficção juvenil I. Fantucci, Jorge.
II. Título. III. Série.
16-05063   CDD-028.5

Índices para catálogo sistemático:
1. Ficção: Literatura juvenil   028.5

© Editora do Brasil S.A., 2016
Todos os direitos reservados

Texto © Lannoy Dorin
Ilustrações © Jorge Fantucci

Direção geral: Vicente Tortamano Avanso
Direção adjunta: Maria Lucia Kerr Cavalcante de Queiroz

Direção editorial: Cibele Mendes Curto Santos
Supervisão editorial: Felipe Ramos Poletti
Supervisão de arte, editoração e produção digital: Adelaide Carolina Cerutti
Supervisão de controle de processos editoriais: Marta Dias Portero
Supervisão de direitos autorais: Marilisa Bertolone Mendes
Supervisão de revisão: Dora Helena Feres
Consultoria de iconografia: Tempo Composto Col. de dados Ltda.

Coordenação editorial: Gilsandro Vieira Sales
Assistência editorial: Paulo Fuzinelli
Auxílio editorial: Aline Sá Martins
Coordenação de arte: Maria Aparecida Alves
Design gráfico: Maria Aparecida Alves
Coordenação de revisão: Otacilio Palareti
Revisão: Sylmara Beletti
Coordenação de editoração eletrônica: Abdonildo José de Lima Santos
Editoração eletrônica: Adriana Albano
Coordenação e pesquisa iconográfica: Léo Burgos
Imagem de capa: Danil Nevsky/Shutterstock.com
Coordenação de produção CPE: Leila P. Jungstedt
Controle de processos editoriais: Bruna Alves
1ª edição / 3ª impressão, 2025
Impresso na A.S. Pereira Gráfica e Editora EIRELI

Avenida das Nações Unidas, 12901 - Torre Oeste, 20º andar
São Paulo, SP – CEP: 04578-910
Fone: + 55 11 3226-0211
www.editoradobrasil.com.br

A todos meus ex-alunos, os quais, como meus filhos, me ensinaram ser a vida uma dádiva divina.

"Portanto, não os temais, porque nada há encoberto que não haja de revelar-se, nem oculto que não haja de saber-se."

Mateus 10:26.

Rialto, cidade do interior paulista, sempre foi ignorada pela grande mídia, até o dia em que um lamentável acontecimento caiu no domínio público e despertou o interesse das emissoras de São Paulo e Rio de Janeiro.

É uma pena que essa singela cidade tenha se tornado conhecida por um abominável caso e não por ser sede de um próspero município. Teria sido melhor que a nação conhecesse Rialto por suas férteis terras, ocupadas por lavouras de soja e cana-de-açúcar, pelo seu florescente parque industrial, com muitas fábricas de produtos cerâmicos e por seu movimentado comércio.

A imagem de uma cidade com população graciosa, ingênua, pura, onde a maioria das pessoas se cumprimentava dizendo "bom dia!", "boa tarde!" e "boa noite!", desmanchou-se após as primeiras reportagens do *Debate*, jornal local, e as notícias veiculadas pela Verdade, rádio da cidade. Imediatamente, TVs, rádios e jornais das metrópoles carioca e paulista exploravam e espalhavam o caso em rede nacional.

Rialto foi invadida por repórteres, cinegrafistas e até políticos, uns para exigirem das autoridades rigorosa apuração dos fatos e exemplar punição dos culpados; outros, para ganharem projeção nacional sob a aparência de "baluartes da moralidade pública", como se autodenominavam. Afinal, esse era um prato cheio para os políticos de carreira, os que só pensam na própria promoção.

Da noite para o dia, as emissoras transmitiam entrevistas feitas com pessoas respeitadas pela sociedade. Mães e pais argumentavam que se sentiam desprotegidos. Alguns defendiam que cabia aos políticos a segurança da população, mas diziam também que estes, infelizmente, estavam com os pensamentos voltados apenas para o próprio umbigo.

Para o Dr. Diógenes Franco, advogado dos implicados no escândalo de exploração de meninas e adolescentes, tudo não passava de sensacionalismo. Entrevistado no saguão do fórum pelos jornalistas Ivan Farina, do *Debate*, e Francis Oliver, da *Verdade*, ele não titubeou ao responder às perguntas dos repórteres locais:

I.F.: Doutor, o senhor acredita mesmo na inocência do neto do fazendeiro Bentivolio Latte e demais acusados de exploração de menores?

D.F.: Sim, sem dúvida. E provarei que meus clientes são vítimas de maldosas insinuações e de uma difamação bem orquestrada. São calúnias que pretendem macular a imagem de meus clientes perante a sociedade.

F.O.: Mas o senhor não acha que há provas contundentes, como a declaração da mãe da menor?

D.F.: As insinuações dessa senhora são falsas.

F.O.: Porém, outras mães também prestaram depoimento comprometendo Diego, o neto solteiro do senhor Bentivolio, e seus amigos...

D.F.: Foram apenas depoimentos. E já se diz por aí que foram mais pessoas. Boatos não faltam. Provas, não há nenhuma.

I.F.: Eles não têm validade, doutor?

D.F.: Demonstrarei em juízo a falsidade das acusações, dessa enxurrada de aleivosias, injúrias, calúnias.

I.F.: Doutor, o senhor tem conhecimento de onde e como surgiram essas, na sua opinião, insinuações?

D.F.: Não, mas isso é o que menos importa no momento. Estamos analisando se, adiante, processaremos aqueles que acusam sem provas. – Passou a mão na calva, coçou uma orelha e completou: – Agora, se me dão licença, tenho um compromisso... – e saiu com a cabeça empinada, o peito estufado e com passos firmes como os de um soldado em marcha.

Os repórteres entreolharam-se, deram de ombros e lamentaram ter sido a entrevista curta e inútil. Sabiam que o Dr. Diógenes era um belo ator. Já defendera a família Latte em vários processos, um deles movido contra Diego, filho do falecido caçula da família, Armando, e que morava sozinho na mansão do sítio Liberdade.

Na saída do fórum, o alto, magro e introvertido Ivan franziu a testa, fechou os olhos e pensou: "Esse velho careca" – referia-se ao Dr. Diógenes – "mente mais que bula de remédio. Ele, que certa gente considera nobre defensor da moral, não faz ideia do que este modesto repórter sabe... Contra a empáfia desse engomadinho, tenho também artimanhas e a verdade. Sei das coisas, e um dia esse poço de arrogância vai ter que engolir cada uma dessas palavras decoradas de discurso para TV."

– O que você estava ruminando? – quis saber o esguio Francisco Oliveira, ou melhor, Francis Oliver, o locutor e repórter "nota dez" da rádio Verdade.

– Eu?! Por quê? – Ivan fez-se de desentendido.

– Não, o Zé da Farmácia. Pô, cara, desde que saímos do fórum você não abriu a boca!

– Não é nada, só bobagem, problema que ninguém resolve.

– Qual?

– Falta de grana.

Francis não engoliu a desconversa do amigo:

– Ah, cara, não vem não... Aí tem coisa. Não seria medo?

– Uai, do quê?!

– Do pessoal que você denunciou no *Debate*.

– Eu não tenho medo. – E brincou: – Quem entra na chuva é pra se queimar.

Entraram no bar Jeca Tatu, pediram um hambúrguer e uma bebida, escolheram uma das mesinhas do fundo e, enquanto esperavam Seu Avelino aprontar os sanduíches e as bebidas, voltaram a conversar sobre o rumoroso caso que, para Ivan, colocava Rialto no mapa do país.

– Mas, me diga, Chico, você pensa mesmo que sou medroso?

– Ah, sei lá! Falei por falar. Você se tocou por quê? Tá cismado que os caras vão querer te pegar?

– Não. Citei os nomes dos calhordas uma vez só.

– Mas citou. E depois nos seus artigos trocou todos os nomes por crápulas, ordinários, sacripantas e outros sinônimos que leu no dicionário. Eu, na Verdade, faço como nas rádios de São Paulo e na TV: boto tudo no condicional e enfatizo o "supostos".

– Tá, tudo bem. Vou me precaver.

– É isso aí, Ivan. Essa gente tem grana... O cabeça deles é neto do poderoso Latte; o Eusébio, filho do dono da loja mais chique de Rialto; e o Vitor, vereador que enriqueceu depois de eleito... Todos de péssimo caráter e podem aprontar pra cima de você. Sou seu amigo, por isso lhe dou um conselho: tire o pé do acelerador. Escute quem já andou por essa estrada.

Seu Avelino os serviu. Do triste caso passaram a uma conversa fiada, prosa de matar o tempo, e depois a argumentações sobre futebol – sem brigarem, apesar de Ivan e Francis torcerem por times de futebol rivais.

Em casa, estirado no sofá da sala, Ivan ficou a refletir no que ouvira do amigo Chico.

Quando D. Elisa, a mãe, lhe perguntou se queria café, fez não com a cabeça e justificou sua recusa:

– Mãe, tô com azia.

Ela fez uma cara de descontente e avisou:

– Vou lhe trazer água com bicarbonato. Seu pai sempre tomava quando tava com algum problema duro de resolver.

Coração de mãe tem o dom de intuir o estado d'alma do filho. No caso dela, dos três: Ivan, o mais velho, Antônio e Genivaldo, o mais novo, cujo nome era uma homenagem ao marido, que falecera quando ela estava grávida.

Ivan tomou o remédio caseiro e disse à mãe que iria sair.

– Já?!

– Sabe, mãe, hoje tô muito mal. E, quando tô baixo astral, só me sinto bem me fechando na redação do jornal.

No seu refúgio, escreveu um artigo água com açúcar, tratando da agenda de atrações para a próxima festa popular da cidade. Mas era apenas para evitar possível retaliação de alguns daqueles que denunciara, pois sabia quase tudo do caso. Aliás, fora ele quem informara o delegado Lincoln Justus sobre o que parecia estar ocorrendo no sítio Liberdade, implorando que seu nome jamais fosse revelado.

– Manterei sigilo, Ivan – prometera-lhe o delegado. – Pode dormir tranquilo – e estendeu-lhe a mão para um aperto que simbolizava promessa de confiabilidade.

Mas como o repórter descobrira que no sítio do velho Latte havia exploração sexual de garotas menores de idade em festas com excesso de bebidas e libertinagem?

Observador, paciente e meticuloso, Ivan sempre dedicava maior atenção àquilo que, para a maioria das pessoas, era comum, trivial, corriqueiro. Por isso, tudo o que para muitos poderia ser simples acaso, para ele era apenas consequência de uma série de fatos que, se conhecidos desde sua origem, provam não haver sorte, acontecimento casual, fortuito, imprevisível. Assim, o aparentemente complexo se transforma em simples, e vice-versa, dependendo de quem observa e de como observa. Para um tolo, há uma gota de orvalho no mundo, mas, para um sábio, há um mundo numa gota de orvalho. Era o ditado italiano que ele mais repetia.

Para Ivan, havia muita sujeira escondida por gente falsa e economicamente poderosa. Exploração de meninas! Isso era intolerável.

2

Havia dois anos que Ivan namorava Fernanda, uma jovem morena, de lábios grossos, olhos meio puxados e cabelos longos a lembrar uma índia.

Durante o dia ela trabalhava numa loja de roupas femininas e à noite fazia o cursinho pré-vestibular comunitário, aplicado na Escola Estadual Lima Barreto, colégio em que ela fizera o Ensino Médio. Ao contrário do namorado, que preferia ouvir a falar, Fernanda tinha a língua solta. Geralmente, contava a Ivan as novidades do seu trabalho e dos estudos, tanto seus quanto da turma de sua irmã Elza, o oitavo ano do Fundamental. Na maioria das vezes, era esta a classe que quebrava a rotina, como a última briga de alunos, na qual um tal de Francisco Xavier entrou armado, esbravejando que mataria o colega Gabriel. Os dois, que de santos só tinham o nome, foram suspensos.

– Mas qual foi o motivo da briga, que quase acaba em assassinato? – perguntou Ivan.

– Elza disse que o Chico não se conformava de Lucimara ter largado dele pra ficar com o Gabriel.

– Acontece cada uma nessa escola... São as mesmas picuinhas de quando eu estudava lá. E olha que nem faz tanto tempo assim. Dava um bom programa pra TV: Casos na Escola, com Elza.

– Mas Elza conta coisas boas.

— Por exemplo?

— Ela me contou que tem uma nova professora de Ciências que é excelente.

— Isso é bom.

— Se é. Elza me mostrou o caderno que tem o resumo de uma aula dessa dona Angélica sobre sexo.

— Sexo?!

— Uai, por que não?

— É que esse assunto é tabu aqui em Rialto. E penso que na maioria das escolas...

— Que é isso, Ivan?!... Você tá mais por fora que aba de chapéu. Hoje no Lima há informação e orientação sexual. Pena que muitos jovens não estão nem aí.

— Tá, tudo bem. Você tem razão. Nada melhor do que a informação, ainda mais para assuntos com consequências sérias. Fiquei curioso pra saber como ensinam sobre isso...

— Eu vou pedir pra Elza emprestar o caderno dela e você vai ver o que nem eu vi quando fazia o oitavo ano.

— OK, Fê, eu tiro uma cópia e lhe devolvo.

E foi assim que Ivan teve nas mãos o texto que a professora Angélica dos Santos dera aos alunos sobre pedofilia, abuso e exploração sexual, atendendo a pedidos de algumas alunas.

Pedofilia

Esta é uma palavra de origem grega. Paidós *significa filho, filha, criança, e* phílos, *amigo, querido, agradável, que agrada. Na Grécia Antiga, o significado desta expressão estava relacionado ao amor pelas crianças, ao gostar de crianças.* Paidóphilos *significava 'aquele que gosta de crianças', algo que indica o amor saudável dos adultos pelas crianças. Em tempos atuais, a expressão passou a ser utilizada para classificar um distúrbio mental, uma doença, que indica que o indivíduo adulto tem atração sexual por crianças. Este distúrbio pode levar, em alguns casos, ao abuso sexual infantil ou até mesmo à exploração sexual de crianças e adolescentes, duas práticas criminosas das quais veremos mais a seguir.*

Abuso sexual infantil (ou de menores)
*Este é o nome que se dá ao crime em que um adulto ou adolescente mais velho, aproveitando-se da relação familiar, social, etária ou econômica, usa uma criança para sua satisfação sexual. Ele acontece por meio de sedução, explorando a ingenuidade infantil. São exemplos de abuso: pedir ou pressionar a criança a se envolver em **atividades sexuais**; fazer exposição indecente dos órgãos genitais para uma criança com a intenção de satisfazer os próprios desejos sexuais, ou para intimidar ou aliciar a criança; ter **contato físico sexual** com uma criança; usar uma criança para produzir **pornografia infantil**.*

Exploração sexual infantil
É a forma de abuso sexual contra crianças e adolescentes conseguido por meio de pagamento ou troca. A exploração sexual pode envolver, além do próprio agressor, o aliciador, intermediário que se beneficia comercialmente do abuso. São exemplos de exploração sexual: redes de prostituição, pornografia, turismo sexual e tráfico de pessoas.
É importante fazer uma reflexão sobre o grande número de mulheres (e meninas) submetidas à exploração sexual: tais dados corroboram que, infelizmente, a concepção machista da mulher como ser inferior, considerada um objeto, contribui para a maior vulnerabilidade do gênero feminino quando o assunto é sexo. Segundo a Unesco (Organização das Nações Unidas para

a Educação, a Ciência e a Cultura), não reconhecer os direitos iguais nas questões de gênero contribui para haver essa facilidade no aliciamento das meninas para a prostituição, não apenas as questões financeiras. Por isso, é de suma importância o debate da igualdade de gêneros como forma de combater também a prostituição de menores.

Consequências
A criança violentada sexualmente, sofrendo abuso ou exploração, não compreende o motivo real do seu trauma. Sua mente, não tendo ainda o necessário entendimento do mal psicológico a que foi submetida, faz um corte na sua história de vida. É a sua defesa inconsciente contra a dor da lembrança. O passado anterior ao abuso desaparece quase que por mágica, o presente é vivido de modo confuso e o futuro será feito de dias de tristeza ou depressão. A pessoa adulta que foi vítima de violência sexual na infância, poderá se tornar um agressor mais tarde, usando o relacionamento sexual para agredir.

3

Estirado na cama, Ivan terminou de ler o que a professora Angélica dera aos alunos, fechou o caderno e pensou: "Preciso falar com Seu Guido" – referia-se ao proprietário do bissemanário *Debate* – "e dizer-lhe que essa professora poderá ser uma ótima colaboradora do nosso jornal. Se ele aceitar a ideia, vou entrevistá-la e convidá-la para manter uma coluna sobre sexo e outros temas da Biologia".

Quando sugeriu ao dono do jornal criar uma coluna da professora tratando de informação e educação sexual, o idoso patrão passou a mão na testa e na cabeleira branca, fungou e respondeu com uma pergunta:

– Por que sexo? Esse é um tema polêmico.

– É que li o material que ela passou aos alunos e gostei.

– Mas só sexo não dá. E depois terei que...

– Censurar?

– Que é isso, rapaz?! Aqui não tem disso, você sabe.

– É, mas o senhor não publica artigos atacando o prefeito e o governador.

– Quando houver uma oposição diferente, sim. Essa que aí está não tem ideologia. Ela quer o poder pelo poder. Bom, esse assunto me dá náusea. Convide essa professora e cortamos o que for demais para nossa gente.

– ...que é o senhor.

– Sim, que lhe paga um razoável salário.

– Tá, Seu Guido. Já entendi, mas não sei se ela concordará com cortes nos seus artigos.

– Bom, vá lá. Você cuida disso. Já tenho problemas demais.

Ivan saiu voando da portaria-escritório-redação, pegou sua moto e rumou para a escola Lima Barreto.

No intervalo, entre a segunda e a terceira aulas da manhã, perguntou a Zé Martins, o faz-tudo da escola, quem era a professora Angélica. Seu Zé o levou à sala dos professores e apontou uma mulher de uns 35 anos, alta, magra, loira e, pelo menos à primeira vista, simpática.

Ivan se apresentou e disse que precisava falar com ela em particular.

Angélica pediu-lhe para acompanhá-la até a sala onde outrora fora o laboratório de Ciências, desativado após uma das incontáveis reformas do ensino.

Ela sentou-se na cadeira próxima à mesa, e ele numa em frente.

– Então – começou Angélica –, por que você quer falar comigo?

– Bem, pelo que já ouvi dos alunos sobre a senhora e suas aulas, pensei em lhe sugerir que colaborasse com nosso bissemanário, o *Debate*. Acho que a senhora já o conhece, não?

– Sinceramente, não. Estou aqui há um semestre e ainda não tive tempo para me inteirar de tudo o que acontece na cidade.

– A senhora veio de onde?

– Sou paulistana, mas não precisa me chamar de senhora – sorriu e continuou: – No ano passado me separei de meu marido e resolvemos, mamãe e eu, trocar a poluição de São Paulo pelo ar puro desta simpática cidade. Mas vamos ao que interessa: colaborar como com o seu jornal?

– Falei com Seu Guido, o dono, e ele gostou da minha sugestão: uma coluna sobre temas biológicos, ecológicos, psicológicos... Sexo, por exemplo. Na TV e nas rádios, as pessoas ouvem notícias sobre estupro, incesto, gravidez de meninas, aborto, pedofilia, prostituição, abuso de menores, aids, enfim, problemas relacionados com sexo, mas não têm o principal, que é a orientação. As que têm acesso à internet podem obter informações seguras, se filtrarem bem, mas orientação sexual eficaz...

A professora o cortou:

– Já entendi. Como agora tenho aula, mais tarde me comunicarei contigo. Passe-me o *e-mail* do jornal que vou lhe mandar alguma coisa sobre sexualidade, e não sobre sexo.

– Como assim?

– Sexo designa a parte física, biológica, orgânica do indivíduo. Já sexualidade está relacionada à intimidade, à afetividade, ao carinho, à busca pelo prazer e à atração por outras pessoas, aos nossos sentimentos e desejos. Assim, o ato sexual, que por vezes chamamos de sexo, é apenas uma das formas de expressarmos nossa sexualidade.

Ivan, depois de dizer que agora sim havia entendido o que a professora quis dizer, tirou de sua bolsa um cartão com o *e-mail* do jornal, ergueu-se, entregou-o a ela lhe agradecendo pela atenção.

Ao pegar a moto em frente à escola, olhou para o céu com poucas nuvens e, balançando a cabeça, pensou: "Há certos dias que vale a pena a gente se levantar da cama. Acho que acertei na mosca, porque essa professora sabe do que fala, está por dentro do assunto: sexualidade. Além disso, me pareceu disposta a ajudar e preocupada em esclarecer temas complicados aos alunos. Por essas e outras que acho que ainda vale a pena insistir em tentar fazer algo de melhor para a sociedade que nos cerca. Hora ou outra a gente acaba encontrando alguém que amplia esta corrente. Taí: gostei da senhora Angélica...ops, senhora não: apenas Angélica".

Na semana seguinte, Ivan recebeu vários artigos da professora, alguns que ela já havia publicado em revistas e dois escritos especialmente para o *Debate*: "Adolescência, sexo e drogas" e "Sexo e poder". Embora o assunto tenha sido tratado nas edições seguintes do jornal, o tema não foi tão comentado, ficando um pouco de lado das principais discussões – tanto no jornal quanto nas rodas de prosa que nele se pautavam os habitantes da cidade. Pelo menos, os artigos serviram para aproximar Ivan e Angélica.

4

Após alguns encontros, meses depois, Ivan e Angélica tornaram-se amigos e aliados na conscientização dos leitores do *Debate*. Às vezes ela ia ao jornal papear com ele e Seu Guido sobre diferentes assuntos. No entanto, a professora se interessava mesmo por assuntos locais, mais próximos da realidade de Rialto. Num desses encontros, buscando assunto para suas próximas reportagens, Ivan perguntou à professora se os alunos de fato se interessavam por questões relacionadas com a sexualidade. Perguntou por perguntar. Como costumava fazer, "jogou verde para colher maduro".

– Demais – foi a resposta dela.

– É?! Que bom!...

– Com tanta informação disponível hoje em dia os jovens se sentem perdidos diante das possibilidades e precisam de orientação para tomarem suas decisões, especialmente em assuntos como esse, tão íntimos. Sexo é algo natural, mas um grande tabu, pouco abordado dentro de casa e até mesmo nas escolas. Então, a garotada sempre pergunta sobre sexualidade, quando se surpreende com o tema em aula. Perguntam sobre o que veem na TV ou leem nos *sites*, pedem que eu destrinche em sala de aula. E gosto disso! Me sinto satisfeita em poder ajudá-los nessa fase da vida, com algo tão simples e ao mesmo tempo delicado.

– É verdade... Mas o que tanto eles querem saber? Quais são as dúvidas, os assuntos de que mais perguntam?

– Todos são curiosos, mas as perguntas variam muito. Tem turma que é menos inibida, sabe... perguntam de tudo e querem detalhes que até eu me surpreendo – disse, sorrindo, Angélica. – Mas acho que, por verem muita notícia e informação por aí, também tem turma que leva o debate pra temas mais pesados, mais complicados. É comum perguntarem sobre várias formas de violência sexual, de exploração de menores a estupro...

Naquele momento Ivan teve uma cisma, certamente treinada pelo faro de jornalista, e pensou: "Será mesmo que perguntam tanto só porque veem na mídia? Até entendo a curiosidade sobre o que acontece longe daqui, mas isso normalmente passa rápido. Meses atrás as colegas de turma de Elza haviam perguntado sobre abuso, por isso fui procurar a professora. Não sei não, mas acho que aí tem coisa..."

Percebendo a desatenção de Ivan, Angélica se virou para Seu Guido e falou:

– Olha, Seu Guido, lá vai ele "caraminholando" alguma reportagem "daquelas". E nem escuta mais a nossa conversa. Vou deixar vocês à vontade para trabalharem. Aliás, preciso também! Não posso me atrasar ou a turma toda troca minha aula pelo futebol na TV.

– É nisso que ele está pensando, Angélica – brincou Seu Guido. – Ivan está ansioso para ver outra derrota do time dele para o meu!

– Nunca! – despertou Ivan de seus pensamentos, e despediram-se de Angélica.

5

Ivan nascera para ser cientista, mas, por *n* motivos, acabou fazendo um curso de Comunicação, desses de fim de semana, numa cidade próxima. Estagiou no *Debate* e logo se tornou repórter do bissemanário. Com o tempo, passou a ser também agente de publicidade, graças aos contatos que o jornal lhe possibilitou. O que ganhava dava para viver e ajudar o sustento da casa, onde morava com a mãe e dois irmãos mais jovens. Mas não para se casar, embora desejasse muito o casamento que prometera à sua Fê: com direito a vestido de noiva na igreja matriz de Santo Antônio.

Ele gostava de Fernanda e, como ela, sonhava em ter uma família e uma vida significativa no lar e no trabalho. Interessava-se por todos os assuntos, talvez por isso gostasse de imaginar sua vida como um jornalista de sucesso. Por vezes, amava a profissão que lhe caíra no colo; noutras, lamentava que esta não lhe desse ainda as condições econômicas para pôr em prática decisões sobre seu futuro. Quando pensava adiante, Ivan buscava conforto na simplicidade. Sabia que fora daquela bucólica cidade certamente sua carreira poderia decolar e muitas seriam suas conquistas. Ao mesmo tempo, sabia que ali, na pequena Rialto, seu trabalho teria valor real para as pessoas que tanto amava, e percebia nisso um valor ainda maior.

Quando tomado por esse conflito, o jovem jornalista gostava de buscar conforto nos livros. Teosofias diversas, da ioga ao espiritismo, o atraíam. Identificava-se com o lema de que "nós é que distribuímos a nós próprios felicidade ou desgraça, triunfo ou miséria. O que dizem, pensam ou propalam de nós não constitui problema nosso, mas sim de quem procede, que é responsável por isso".

Ultimamente, outro conflito o intrigava. Não acreditava em coincidências ou acaso e, por isso, a todo instante tentava fazer ligação entre a chegada de Angélica à escola e o crescente questionamento dos jovens sobre violência sexual. Teriam os jovens estimulado essa discussão em sala por seus questionamentos ou seria uma proposta da professora, já acostumada com a abordagem do tema? Seriam os questionamentos apenas fruto de curiosidade? Só havia um jeito de descobrir: investigando.

Numa tarde de domingo na casa de Fernanda, Ivan perguntou a Elza se ela ainda gostava das aulas de Angélica.

– Ôôô... – foi a resposta dela.

E Fernanda emendou:

– Elza só fala nessa professora Angélica.

– E a classe, Elza? – indagou Ivan.

– Muito. Queremos que ela seja paraninfa da turma.

– Mas de qual assunto preferem falar na aula da Angélica?

– De tudo... falamos de tudo – desconversou Elza.

Intrigado com a esquiva da garota, Ivan não via outra forma de extrair algo senão ser direto:

– Fazem perguntas sobre sexo? – disse ele, fitando os olhos de Elza.

Antes que Fernanda se recobrasse do susto, pois sabia da intimidade que Ivan tinha com sua irmã, mas não esperava uma pergunta daquelas, Elza respondeu com naturalidade:

– É o que mais fazem. Principalmente Sandra e Adriana.

– E perguntam o quê? – continuou o repórter, convicto de suas intuições.

– Tudo. Gravidez, aborto e até mesmo sobre violência sexual... Não dão sossego pra professora Angélica.

De imediato, Ivan se recordou do que havia lido, numa dessas noites em que buscava o sono, em livros e *sites* sobre comportamento, especialmente do trecho que explicava que os adolescentes ainda têm muitos motivos, ideias e sentimentos da criança que foram. Por isso eles têm um quê de egocentrismo, isto é, primeiro pensam em si e depois, talvez, nos outros. Põem-se no centro de todos os acontecimentos que percebem e geralmente só se interessam pelo que lhes diz respeito. Por isso, quando uma garota diz que tem uma amiga preocupada com uma gravidez não desejada, ou outro problema, é comum que essa amiga seja ela mesma.

Nessa linha de pensamento, ele imaginou a possibilidade de Sandra e Adriana desejarem mais informações sobre sexualidade por estarem enfrentando situação semelhante e se sentindo inseguras.

Embora tudo fizesse sentido em sua mente, Ivan sabia que o assunto era complicado demais para ser definido apenas com base em suas suposições. Ele também aprendera bem cedo que repórter, mesmo que seja tagarela, nunca revela o que só ele sabe ou imagina. Nem para sua Fê disse estar cismado que as colegas de Elza guardavam algum segredo e que investigaria a vida delas.

6

Após muitas investigações, Ivan descobriu que Sandra e Adriana estudavam na Lima Barreto por ser próxima à Vila Popular, bairro em que a maioria da população era formada por operários. Eram filhas de pais pobres e estudariam no período noturno quando terminassem o Ensino Fundamental. Por enquanto, trabalhavam como faxineiras ou babás diaristas em residências do condomínio Richesse. Mas, como muitas adolescentes das camadas mais pobres da sociedade, ambas sonhavam com uma vida igual à das "celebridades" que viam na televisão, revistas e *sites*.

Num sábado, pela manhã, Ivan pediu emprestado a Seu Guido o carro do jornal para sair à noite com sua namorada. Era aniversário de Fernanda e comemorariam na pizzaria Choupana. Assim o fizeram. Depois, lá pelas 11 da noite, resolveram namorar na estrada do Jacu, que passava em frente ao sítio Liberdade.

Pararam sob uma árvore para ver o luar e as estrelas, que convidavam a uma inesquecível noite de amor. Enquanto se beijavam, Ivan reparou que passava um carro com dois homens na frente e, no banco traseiro, mulheres, talvez ainda garotas, não soube distinguir. Iam em direção ao sítio cujo dono era o avô de Diego. Este, toda Rialto conhecia bem. Adorava dar grandes festas e vivia rodeado de uma mistura de amigos e capachos, graças à fortuna que a família possuía.

Aquela cena alimentava em Ivan a desconfiança de que algo de grave poderia estar acontecendo bem ali, debaixo do seu nariz.

Logo depois, quando voltavam para o centro da cidade, Ivan decidiu contar a Fernanda o seu segredo. Afinal, ela era uma das poucas pessoas em quem ele confiava plenamente. E até seria possível que ela lhe dissesse se as suposições dele faziam sentido.

– Fê, vou lhe dizer isso porque confio em você.

– Isso o quê?

– Que tô desconfiado que as colegas de Elza devem estar enfrentando algum problema relacionado a sexo.

– Pera aí, Ivan, só porque fazem perguntas sobre sexo a uma professora? Acho que você tá viajando...

– Pode ser. Vai ver que é porque ando assistindo a filmes policiais. Mas parece uma espécie de intuição. É como se tivesse um espírito soprando nas minhas orelhas.

– Sei o que é. Além dos filmes, você anda lendo livros espíritas.

– Não, não é isso. Não sei explicar o que é, mas é alguma coisa que tenho de saber, preciso descobrir. Pô, Fê, é um negócio estranho, esquisito...

– Pode ser cansaço, falta de sono, febre...

– Não brinca, Fê. Se você fosse repórter, entenderia. Mas, tudo bem, vou lhe contar o que ando cismando. Acho que, em certas noites, garotas fazem programa na casa colonial do sítio Liberdade, onde mora o Diego Latte.

– Será?!...

– É o que vou investigar, mas, pelo amor de Deus, não abra o bico.

– Claro, né? Mas tome muito cuidado porque, você sabe, mexer com gente rica é que nem mexer em caixa de marimbondos.

– Isso é só para eu saber. Fique tranquila, vou me cuidar. Quero sondar melhor.

7

Sem perder tempo, Ivan investigou pacientemente a rotina de algumas garotas e descobriu que Sandra, Adriana e mais duas amigas, às quintas e sábados, lá pelas 11 horas da noite, saíam de casa, andavam umas três quadras, entravam num carro que as esperava e iam para o sítio Liberdade. Mais tarde, espreitando novamente na estrada do Jacu, viu que às vezes dois ou três carros se dirigiam ao sítio. E foi assim que começou a viver, ou melhor, sofrer com um dilema: informar a polícia e pôr sua vida em perigo ou fazer de conta que nada sabia? Quando pediu a opinião de Fernanda, ficou ainda mais em dúvida, confuso, porque ela lhe colocara essas mesmas alternativas e dissera que a decisão era dele, acrescentando:

– Qualquer que seja sua decisão, eu compreenderei e estarei do seu lado, Ivan. Mas tome cuidado, viu?

– Tá, Fê. Vou pensar bem no que fazer.

– É melhor dar um tempo. Mas não queira dar uma de salvador da pátria. Você sabe que a corda sempre arrebenta do lado mais fraco.

– Tá, tô cansado de saber. Mas você tem razão. O mundo que vá para aquele lugar. Tenho mais é que pensar em mim.

– Só em você?!...

– Não, desculpe. Você sabe o que eu quis dizer, né?

– Tá.

Às vezes não dá para pensarmos apenas em nós mesmos, sobretudo quando fomos educados por pessoas com rígida moral, como D. Elisa. Ela criara os filhos a partir dos próprios valores: honestidade, sinceridade e altruísmo. Desse modo, acreditava evitar que seus filhos fossem hipócritas, injustos, covardes e individualistas. Algumas vezes, Ivan se rebelara contra essa educação e pensava em preocupar-se apenas com o próprio umbigo. Mas não conseguia. Fazer o quê? D. Elisa era um exemplo de mãe e, gostasse ou não, ela estava bem no fundo de sua alma. Era a sua consciência moral, não tinha como eliminá-la. Ela era parte do seu destino.

Ele passara quase toda a noite em claro e não fora capaz de encontrar uma solução para o problema que criara para si mesmo.

Levantou-se, ficou vendo os irmãos que dormiam como pedras e invejou-os. Foi até a cozinha, tomou um copo de água, abriu a porta que dava para o quintal e, observando o sol que nascia, buscou iluminação para sair dessa situação sufocante.

– Algum problema, filho?

Era D. Elisa, que costumava acordar ao nascer do dia. Vendo Ivan encostado no batente da porta, pensativo, presumiu que ele estava encrencado.

– Não, mãe, não é nada. São coisas do jornal – mentiu.

Por que transferir para ela o seu dilema? Ela já suportara tantas adversidades que não merecia se preocupar com o problema dele, só dele.

– Eu te conheço, Ivan. Você é igual a seu pai. Quando diz que não é nada é porque está com a cabeça fervendo. Por isso, filho, trate de desembuchar – e ela lhe deu as costas.

– Acho que a senhora tem razão – disse, e a abraçou.

Enquanto D. Elisa preparava o café, ele contou o que lhe tirara o sono e que ultimamente o deixava preocupado. Quando terminou, pediu a opinião dela:

– Se a senhora estivesse no meu lugar, o que faria?

– Pegaria o celular e faria uma denúncia anônima.

– Com o meu celular?! Teria que ir a um orelhão. Mas, tudo bem, vou pensar...

Infelizmente não foi o que ele fez.

E foi numa manhã dessas, indo à Delegacia de Polícia para saber das últimas ocorrências, que Ivan deu com o delegado Lincoln na porta de entrada. Cumprimentou-o e, como de costume, puxou conversa:

– Tudo bem, doutor?

– Fora os roubos, brigas e um crime aqui, outro ali, tudo bem.

– O senhor tem uma função espinhosa mesmo, não, doutor?

– É verdade. Acontece que meu finado pai foi delegado e eu o admirava. Já te contei esta história, né?

– Já sim... numa outra visita, dessas em que venho saber sobre as últimas pra tratar no *Debate*.

– Pois é... Mas hoje você parece estar mais nervoso que de costume. Aceita um café? – E o delegado foi se encaminhando para sua sala, com Ivan a segui-lo.

Ivan procurava o delegado Lincoln com frequência. Desde a época de estagiário, construíram uma relação de confiança. O jovem repórter alimentava as investigações sempre que sabia de algo e o experiente delegado não escondia informações, desde que estas não atrapalhassem o trabalho da polícia. Mais à vontade, enquanto tomavam café, Ivan contou ao delegado que suspeitava haver exploração sexual de menores na mansão do sítio Liberdade. A necessidade de se abrir com alguma autoridade que pudesse tomar providências foi mais forte que o medo que Ivan sentia. Sem medir consequências, o repórter falou tudo.

– Você tem certeza? – indagou o delegado, apontando a porta para que Ivan a fechasse.

– Mais ou menos.

– Quando e como você ficou sabendo?

– É só suspeita, doutor. Conversa que andei ouvindo por aí. Não estou acusando ninguém. Aliás, nem sei por que contei ao senhor. Não quero me meter em encrenca.

– Sei, sei... – e o delegado ficou alisando as sobrancelhas e pensando no que fazer. Por fim, disse: – Eu vou ver isso, Ivan.

– Mas, doutor, pelo amor de Deus não deixe ninguém saber que eu falei com o senhor. Aliás, eu queria fazer uma denúncia anônima, faria por telefone. Mas, por já conhecê-lo e confiar no senhor, achei melhor dizer logo.

O delegado garantiu-lhe que manteria sigilo e Ivan pôde respirar um pouco mais tranquilo. Agora o problema era da polícia.

8

Dr. Lincoln pediu imediatamente ao investigador Genésio Bergamaschi que procurasse saber quais pessoas, nas noites de quinta-feira e sábado, frequentavam a mansão dos Latte, no sítio Liberdade.

Depois que Genésio deu ao delegado uma lista com nove nomes de amigos de Diego e umas quinze garotas de programa, Dr. Lincoln ordenou aos policiais uma blitz na mansão num sábado à noite.

Foram ao sítio três viaturas, um camburão e seis policiais. Voltaram no camburão nove detidos e, nas viaturas, nove pré-adolescentes entre 11 e 14 anos, dentre as quais as colegas de Elza, Sandra e Adriana.

Na segunda-feira, graças a um *habeas corpus* solicitado pelo Dr. Diógenes Franco, os detidos foram soltos. As adolescentes, depois de interrogadas pelo delegado e pelo juiz da infância e adolescência, foram conduzidas pelos PMs às suas casas, com a intimação do juiz para os pais comparecerem ao fórum.

A partir desse ponto, o caso ganhou inimagináveis dimensões e repercussão nacional devido às notícias inicialmente veiculadas por Francis, na rádio *Verdade*, e Ivan nas edições de quarta-feira e sábado do jornal *Debate*. Mas foi a primeira reportagem de Ivan, que, pela riqueza de detalhes, acendeu o estopim que faria explodir a "bomba". Citando nomes, ele descrevia como funcionava, através de códigos, a rede de exploração sexual e a de pornografia via internet. A primeira rede é a que mais interessava às honradas famílias rialtenses.

Ivan também conseguira saber pelo Dr. Lincoln que as adolescentes eram exploradas sexualmente, conforme suas suspeitas. Para seu espanto, metade delas, com a conivência dos pais e, a outra metade, sem o conhecimento dos ingênuos genitores. Estes acreditavam nas mentiras das filhas para saírem à tarde e à noite em dias alternados. Elas diziam que trabalhavam como faxineiras e babás ganhando, além da diária, presentes das donas de casa dos condomínios de alto padrão.

Segurando o queixo, o delegado olhou bem para Ivan, que se acomodava no sofá, e vaticinou:

– Agora o caso está com a Justiça e a coisa vai ficar feia.

– O senhor acha mesmo?

– Sim. Há deputados, senadores e uma ONG que vão fazer de tudo para forçar a condenação dos envolvidos. Isso vai longe, mas o que vale é que caiu a máscara de moralidade de certas pessoas.

Como logo viu Ivan, os exploradores das menores estavam em maus lençóis. Ele tivera essa intuição quando começara a cobrir o caso, mas no fundo suspeitava que a metade dos envolvidos escaparia da condenação.

Ao confessar sua angústia diante dessa possibilidade ao delegado Lincoln, este meneou a cabeça negativamente, coçou o queixo e afirmou:

– Os grã-finos sempre escapam. Daí o tal de "a Polícia prende e a Justiça solta". Agora, Ivan, a coisa parece ser outra. Exploração sexual de menores...

– Mas não é coisa antiga, doutor?

– Sim. Acontece que agora, com os meios de comunicação ávidos por notícias, a população fica a par de tudo. Você mesmo tem dado um belo exemplo de luta contra a imoralidade que se espalha em nossa sociedade.

— Obrigado, doutor. Só que a mídia não se preocupa com a moral. O senhor sabe disso melhor que eu.

— Sim. Mas há gente digna, do tipo do Guido Papaterra. Concorda?

— Concordo. Ele é íntegro. Mas é exceção e o que vale é a regra. Não me iludo, doutor. Sei que sou inocente útil em defesa da moralidade de fachada.

— Não é bem assim.

O delegado levantou-se, foi até a mesinha em que estava a garrafa térmica, fez sinal a Ivan oferecendo o café. Ivan levantou-se e, indo pegar a xícara, confessou:

— Doutor Lincoln, eu acho que entrei de gaiato nessa. Caramba, como pude ser tão ingênuo?

— Não, meu caro repórter, você fez o que achava certo. E sua intuição estava correta. Pense como está sendo útil à sociedade.

— E as consequências?

O delegado voltou à mesa, Ivan aproximou-se dele e perguntou se podia dar uma olhada nos depoimentos dos envolvidos no caso que manchou a reputação da "cidade do ar puro". O ar agora exalava mau cheiro. Era preciso purificá-lo. Ele, Ivan Farina, tido por certa gente metida a sebo como um pé-rapado, um zé-ninguém, tolo, bocó, iria dar o troco. Esse pessoal, filhinhos de papai, veria de fato quem ele era. E se lembrou do que um dia dissera a Francis Oliver: a grandeza de um homem não está no corpo, mas no seu espírito.

— Mas seu corpo come e seu espírito tem que juntar dinheiro pra gente se casar — lembrou-o Fernanda, quando pela décima vez ele lhe prometeu que logo se casariam.

— Juro que você terá o casamento dos seus sonhos.

— Nesta vida?! — e ela riu. — Desse papo tô pra lá de cansada.

– Não brinque, Fê. Até o fim do ano a gente junta os trapos.
– Tá – e ela fez uma cara de quem não acreditava numa palavra dele.
– Quantas vezes eu já jurei que a gente vai se casar?
– Dez ou onze.
– Com a de hoje?
– É.
– Vamos sair e aproveitar a vida. Não fique assim, Fê...
– De que jeito?
– Braba. Pra que perder uma noite?
– Tá.

9

Ele é que perdeu mais uma noite pensando no que escreveria sobre o caso para o *Debate*.

Pela manhã, foi para o jornal e, como gostava de dizer, massacrou o teclado. Mais tarde o jornal publicou seu contundente artigo:

RIALTO CHORA BAIXINHO

O recente caso que abalou os alicerces da moral rialtense é gravíssimo, pois envolve abuso e exploração sexual de menores. Nove homens, alguns considerados cidadãos exemplares no mundo dos negócios e na política, vinham promovendo noitadas orgíacas com garotas de famílias pobres – algumas das quais até sabiam da prostituição que ocorria.

Pelo que foi apurado até o momento, as menores eram aliciadas pela senhora Tânia de Assis, que está foragida e cujo nome, presume-se, seja falso.

Doravante o caso será tratado pela Justiça e esperamos que os nomes dos responsáveis pela corrupção de menores sejam expostos à execração, ao ódio profundo, à aversão da laboriosa e honrada população de Rialto.

É doloroso tratar das mazelas sociais, mas temos o dever de conscientizar pais, professores, crianças e adolescentes de que a realidade é muito diferente do que muita gente pensa. E bem pior. Por absoluta falta de educação sexual e pelo desejo de ganhar dinheiro fácil, certas famílias fazem de conta que suas filhas não se prostituem. Ao mesmo tempo, há meninas e adolescentes que são seduzidas por homens inescrupulosos, os quais satisfazem os seus instintos sexuais usando-as. Como no mundo das drogas, elas entram, não conseguem sair e sua vida futura é ceifada de belos sonhos.

Já é hora de investigar o grau de ignorância dos adolescentes sobre questões relacionadas a sexo e sexualidade, como atitudes e conduta adequada, enfermidades e abusos. Dentre estas últimas, as que estão em maior evidência são prostituição infantil, pedofilia e abuso sexual de crianças e adolescentes.

A infância e a adolescência não podem continuar à mercê da exploração desenfreada, cruel e desumana, praticada por homens inescrupulosos, poderosos sem qualquer moral, preocupados apenas em satisfazer desejos insanos e egoístas. O dinheiro que compra a felicidade desses homens não pode continuar causando trauma, dor e desgosto na vida de pessoas tão fragilizadas. A justiça precisa ser feita: as vítimas precisam ser protegidas e amparadas e os culpados sumariamente punidos!

10

Enquanto o *Debate* publicava os artigos de Ivan sobre o que chamava de "nódoa na bela história rialtense", a população local assistia à chegada de jornalistas, cinegrafistas, políticos e membros de uma ONG para acompanharem o andamento do processo contra Diego Latte, um vereador, o filho de um atacadista de cereais, um dono de restaurante, um filho de dono de loja de artigos para homens, um vendedor de carros seminovos, um proprietário de casa lotérica, um barbeiro e um oficial de cartório. Eram todos defendidos pelo Dr. Diógenes Franco e seus dois sobrinhos, advogados.

Num período de ridículas novelas passadas na China, Paquistão e Nepal e ausência dos programas de TV dos políticos da região, o povo passou a se deliciar com o interrogatório dos já denominados "anormais do sexo". A torcida maior da população era para que os dois cabeças do bando, Diego e Eusébio, fossem condenados com a pena máxima para a natureza do crime. Mas tinha lá suas dúvidas.

Como Ivan não acreditava nessa lei entre aspas, não deixou o caso esfriar. Registrava os depoimentos dos pais das menores e cada vez mais aumentava seus ataques aos imorais, aos quais se referia pela atividade profissional e, no caso de Diego e Eusébio, do avô e pai, respectivamente. Seus artigos sempre eram arrematados com um apelo ao judiciário para punir os culpados, porque "a justiça é a vingança do homem civilizado, como a vingança é a justiça do selvagem", parafraseando Epicuro.

– Reescreva – ordenou Seu Guido, justificou: – Está pesado demais.

– Não posso, mestre. Não sou eu quem escreve.

– Não?!

– É o povo. Eu, o senhor e o *Debate* somos o povo. E tem mais: cada exemplar do nosso jornal está sendo disputado nas bancas. E isso nesta época de vacas magras e com a "informação" saltando pela internet. Sabe por quê?

Seu Guido soltou um risinho irônico e respondeu:

– Sei, por causa dos seus artigos.

– Não, chefe. Porque eu falo...

– "Escrevo".

– Isso. Escrevo o que o povo gostaria de dizer aos processados e às autoridades.

Seu Guido dobrou o braço esquerdo sobre a mesa, ficou segurando o queixo e, após cinco segundos de silêncio, sussurrou:

– Tá bom, vá lá. Mas se der complicação, não vou segurar o rojão.

Ivan brincou:

– Mestre, olha a rima, que se deve evitar! Mas tudo bem, deixe comigo.

11

E você vai aguentar essa barra? – perguntou Francis a Ivan, enquanto comiam uma pizza na Choupana.

– Eu?! Claro, né? A gente tem que exigir justiça. Eu, Chico, nunca fiz nada de importante na vida. Pelo menos agora posso dizer a mim mesmo o que estou fazendo nesta porcaria de mundo.

– Calma, cara! Primeiro, você já fez alguma coisa pra sua mãe; segundo, não se iluda com a justiça dos homens.

– Eu não me iludo, mas se a gente não pressiona...

– Olha, Ivan, em minha opinião, a justiça, com "j" minúsculo, existe mais para defender a propriedade do que a vida e a moral. É do sistema, cara! Ele não dá a mínima para cultura e a educação da maioria do povo. Veja quanto ganha um professor do estado mais rico do país. Há meio século ganhava que nem um juiz de Direito. Hoje, com o dobro de trabalho, ganha uns dez ou quinze por cento, se tanto. E você, Ivan, dando uma de arauto da moralidade...

– Arauto?! Coma, Chico. E parabéns por estar lendo o dicionário todos os dias. É seu livro de cabeceira?

– Não goza. Você sabe que eu falo a verdade.

– Sei.

– Você está se expondo muito, tá entrando numa fria. Tire o pé do acelerador, cara. Já lhe disse isso.

– Tá, Chico, tudo bem. Obrigado. Eu levo em conta o que você diz, mas, cá pra nós, será que não é você que tem de tomar cuidado com esses corruptos? Veja bem...

– Eu vejo as suas palavras... – disse Francis em tom de gozação. – Penso na minha pele, sou arrimo de família. Por isso tô naquela da TV.

– Qual?

– Informar desinformando.

– Tá, Chico. Vou pensar. Agora, vamos comer.

No dia seguinte, conversando com Seu Guido, Ivan disse que não mais escreveria artigos atacando a corja dos poderosos. Não foi uma decisão fácil. "Trair" seus princípios deixando de dar sua contundente opinião sobre o escândalo era muito difícil para Ivan. Mas o fardo estava pesado demais. A pressão da família e da namorada, os comentários do amigo, Francis, e o receio, cada vez mais crescente, fizeram Ivan se decidir.

– Pra mim chega, mestre. Tô fora.

– Uai, não era você que me criticava, dizendo que eu era complacente com os "devassos, depravados, corruptos e corruptores"?...

– Em termos, Seu Guido. Cheguei à conclusão que fiz o que devia e podia. É possível que tenha exagerado e me exposto demais ao fazer minhas críticas, mas, tudo bem, valeu. O que fiz está feito. E fim.

– Muito bem, meu jovem. Valeu! – e ele deu um tapinha nas costas de quem considerava seu pupilo.

E foi assim pensando que Ivan sentou-se à frente do computador e digitou a notícia que entraria no lugar do seu costumeiro artigo:

CPI OUVE MÃE DE ADOLESCENTE ABUSADA SEXUALMENTE

Encapuzada, a sra. E. F. M., mãe da menor R., de 12 anos, contou a membros da CPI que ela e o marido trabalhavam o dia todo e uma vez, quando chegava em casa, viu a filha "toda enfeitada" saindo para entrar num carro. Foi aí que, apertada pelo pai, a garota confessou que ela e as amigas, algumas ainda mais jovens do que ela, faziam programas com certos homens, mas que ela não consumia maconha ou *crack*, só bebia "um pouquinho de vodca, porque não deixava cheiro". Disse mais: que ela e companheiras tinham medo de contar aos pais, porque os homens que as pagavam e davam presentes faziam ameaças. Caso os denunciassem, seriam perseguidas e poderiam desaparecer sem deixar pistas. Os pais também pagariam caro pela "traição" delas. Com medo das ameaças, a família da vítima achou melhor não procurar, na ocasião, órgãos de apoio nem denunciar os exploradores.

Também depôs um dirigente da ONG Goretti, Raimundo Cavalcanti Pinto, o qual afirmou aos senadores da CPI que ele e o diretor de uma escola denunciaram o abuso sexual de menores ao Ministério Público de Rialto, mas a promotoria demorou muito para agir. Em seguida, Seu Raimundo solicitou proteção policial para si e sua família. As autoridades prometeram atendê-lo.

Assim, seguem os depoimentos no fórum, sempre acompanhados diariamente por ao menos 120 pessoas.

Os leitores do *Debate*, que tinham se acostumado com a seção Pinga Fogo, de Ivan Farina, estranharam a falta dela. Logo imaginaram que o jornal resolvera silenciar sobre o escandaloso caso, talvez por pedido do prefeito Aníbal Ponce de Leão, pois o *Debate* publicava os editais da Prefeitura Municipal e as atas da Câmara.

Verdade seja dita, isso não aconteceu. O *Debate* "não fugiu da rinha", como Seu Guido garantiu a Manezinho, dono do café Mocambo.

– Meu jornal é uma tribuna livre. Meu ideal, Manezinho, é servir à nossa gente. Tanto que apoio o governador só porque o prefeito é do partido dele e eu gosto do Aníbal. Ele é um bom prefeito.

– Isso é verdade, Seu Guido.

– E você pode avisar o Tomé – referia-se ao presidente da Associação Cultural Afrobrasileira – que o *Debate* é dele também.

Após o proprietário, editor e revisor do jornal sair, Manezinho pensou: "É uma pena que Seu Guido esteja velho. Um homem desses jamais deveria morrer".

12

Se Seu Guido morresse, Ivan poderia ser o dono do *Debate*, porque Everaldo, filho do proprietário, nem queria saber se o jornal existia. Era funcionário do Banco do Brasil, e seu único sonho era alcançar o posto de gerente para trocar Rialto por uma cidade mais próxima de São Paulo, onde seus filhos estudavam. Como várias outras pessoas, ele achava que boa era a Rialto de alguns anos atrás, época em que até havia fatos policiais, mas estes eram mais engraçados do que tristes.

Ivan, porém, nunca pensava que Seu Guido poderia falecer, e muito menos tinha a pretensão de vir a ser dono do jornal. Suas preocupações e aspirações eram outras. Seu pressentimento era de que os envolvidos no caso que abalou a cidade poderiam pressionar Seu Guido a demiti-lo. Ao mesmo tempo, pensava em ganhar mais com a publicidade e, finalmente, se casar. E assim ia tocando a vida, sem imaginar que um, ou alguns, do que ele rotulara de pervertidos tramavam algo bem pior do que sua demissão do jornal.

Na mesma noite em que a polícia apreendeu o computador de um dos seus desafetos, ele garantiu a Fernanda que se casariam em dezembro.

– Não. É melhor em maio do ano que vem – sugeriu ela, ajeitando-se no sofá.

– Como você achar melhor. A gente aluga uma casinha e, com o tempo, construímos a nossa.

– E a grana? Melhorou no jornal?

– Ôôô... Deixei de fazer o papel de bobo. Tô a fim de ganhar dinheiro, em vez de ficar dando uma de moralista.

– Será?...

– Bem, Fê, não abandonei meus ideais, só que tô noutra. Pensei muito e cheguei à conclusão, Fê, que, muitas vezes, é preciso ter jogo de cintura. Até agora, o que eu ganhei atacando esse bando de safados?... Pô! Só de falar desses pilantras eu fico nervoso! Desde ontem, não penso noutra coisa.

– Já sei. Você adoraria um beijo e um café – disse e foi para a cozinha.

Quando voltou, Fernanda olhou bem para o rosto de Ivan e, depois de lhe servir o café, sentou-se e começou a roer as unhas. Ele percebeu que ela escondia algum pensamento.

– Fale – pediu ele.

– O quê?

– O que você gostaria de me dizer.

– Não, não é nada. Bobagem...

– Mas, diga, Fê.

– Não sei não, Ivan. Eu sinto um clima que vou te contar... Não sei o que é, mas tô achando que essa cambada que você atacou no jornal vai infernizar a sua vida. Eles são pesados até demais.

– De que jeito?

– Ah, sei lá... Na praça, eles estão mais sujos que roupa de mendigo, e pode ser que queiram se vingar de você por causa dos seus artigos.

– Já parei.

– Sei. Mas me lembro do que li num livro: o ódio é o amor às avessas e tem pressa de vingança.

Ele deu de ombros e procurou tranquilizá-la:

– Se tivessem que fazer alguma coisa, já teriam feito. Ontem mesmo eu disse pro Chico e ele concordou: o que nós tínhamos que fazer, fizemos.

Consultou o relógio, era quase meia-noite. Abraçou-a, beijou-a e levantou-se.

Os dois saíram, tornaram a se beijar e ele sussurrou:

– Se pudesse, eu ficaria aqui com você até amanhã – montou na moto, pôs o capacete, deu a partida e saiu.

Quando parou em frente à sua casa, prestes a guardar a moto na garagem, Ivan percebeu outra moto aproximar-se em alta velocidade. Nela, duas pessoas vestidas de preto e com capacete de viseiras fechadas.

Por um instante, Ivan ficou estático. Não teve outra reação se não a de ficar preso a seus sonhos. Imaginou-se casado com Fernanda, a andar de mãos dadas, sem rumo, com sua amada, ambos felizes. Num piscar, já estava em outro momento, gargalhando com seus irmãos de mais uma besteira que a mãe falara, certamente sobre um novo aparelho que ela comprara e que não serviria para nada. Dentro desse breve instante, ainda coube a preocupação com o que aconteceria com aquelas meninas, que volta-e-meia eram colocadas no banco traseiro daqueles carros que iam para o sítio Liberdade. A resposta a tudo o que Ivan fizera se aproximava rapidamente, na garupa da moto, já quase a seus pés.

Pensou em gritar por socorro, mas nunca fora de gritar – só sabia fazer isso com suas contundentes palavras escritas no jornal. Talvez por isso fosse tão querido: sabia ouvir, antes de falar. Ivan agora sabia também que tinha razão: havia mesmo algo de podre e ele traria tudo à tona com sua atitude heroica. Pena que isso se daria da maneira mais cruel possível.

Ivan não teve tempo para qualquer outra reação. Levou dois tiros à queima-roupa. Caiu, e os motoqueiros fugiram em disparada.

Ao ouvirem o barulho dos tiros, Antônio e Genivaldo, que estavam na sala assistindo a uma entrevista política na TV, saíram para o alpendre e deram com Ivan caído e o sangue a escorrer. Tentaram reanimá-lo, mas nada conseguiram.

Genivaldo correu até o quarto da mãe, acordou-a e disse que Ivan estava ferido. Ela sentou-se na cama, fechou os olhos e disse baixinho:

– Eu sabia.

Antônio e Genivaldo carregaram Ivan até o sofá da sala e telefonaram à Santa Casa pedindo que mandassem uma ambulância.

Mas Ivan já estava morto. Antônio acompanhou o corpo do irmão até a Santa Casa, enquanto Genivaldo cuidava da mãe e avisava Fernanda. Mais tarde, Antônio pegou um táxi, apanhou Fernanda, depois a mãe e o irmão, e foram para o Velório Municipal.

No velório, sentadas ao lado do caixão, D. Elisa e Fernanda vertiam, com as lágrimas, as lembranças maravilhosas e os sonhos de um futuro que, havia poucas horas, tinha terminado. Ivan havia partido para sempre. Os ideais de vida do jovem repórter terminavam em tristeza, dor e revolta.

13

O assassinato de Ivan causou a comoção em quase todos os rialtenses. Na hora do sepultamento, discursaram Seu Guido, Francis, o maior amigo do falecido, e a professora Angélica dos Santos. Depois, quando descia o caixão, Fernanda sentiu tontura, tentou agarrar-se a D. Elisa, mas não conseguiu e desmaiou. Três amigas a socorreram e a levaram até o táxi alugado por Genivaldo.

Quando toda a família e Fernanda chegaram em casa, Antônio perguntou à namorada do irmão se ela desejava descansar um pouco. Ela lhe pediu que a levasse para casa. Se pudesse dizer o que realmente sentia e queria, ninguém a compreenderia. Ela gostaria de ter partido com Ivan, o seu primeiro e grande amor.

Esse mesmo desejo tivera D. Elisa no cemitério, ao pedir a Deus que a levasse. Ele, porém, não a atendeu, mas lhe deu a graça de perder a memória do que a fizera sofrer além da conta. Tanto que, até seus últimos dias de vida, costumava perguntar pela manhã se Ivan já tinha ido para o jornal, e, ao cair da noite, se ele voltara.

Fernanda voltou à loja no dia seguinte, pois descobriu que manter a mente ocupada no trabalho a ajudava a não pensar no namorado.

Seu Guido Papaterra, no primeiro sábado após o enterro de Ivan, dedicou o artigo de fundo àquele que chamava de querido pupilo:

O HERÓI QUE PARTIU

Herói é o que está além do seu tempo; portanto, além dos conceitos temporais do ser humano comum. Pela sua história, é julgado como bom ou mau. Mas, que importância pode ter para ele esse julgamento? Sua vida não lhe pertence, o passado não existe, o futuro será de bons tempos e glória para os que o seguirem, geralmente pessoas desprendidas, para as quais a riqueza material carece de sentido. Ele e seus discípulos vivem para além de si mesmos. Bastará ver a biografia de cada um, que você concluirá serem o herói e seus mais próximos seguidores gente que abdicou do bem-estar pessoal e das benesses materiais da sociedade.

O verdadeiro herói vive por um ideal, aspira à felicidade alheia, que virá neste mundo ou num outro. Qual? Ele não sabe qual, mas sabe que é o oposto daquele contra o qual luta. Seu ideal basta para justificar sua vida, que é muito maior que ele mesmo.

Mas como o herói se faz herói? Há o que se faz pela força física e coragem e o que se entrega à missão de resgatar a sociedade. Este sabe que ela padece devido à sua trágica condição moral, aquela em que o povo perdeu a autoestima e tem vergonha de si mesmo.

O final da jornada de um herói depende do nível cultural da sociedade em que vive. É comum ele não ser compreendido e acabar morto. Mas seus atos serão entendidos tempos depois. Então as novas gerações têm, a par da existência singular da figura histórica, mitos, lendas que a descreverão como um ser divino.

Ivan Farina foi um herói. E dele ficam as lembranças de um ser humano exemplar, que sabia manter em segredo as confidências dos amigos; sujeitava seus sonhos à terra, imaginando e atuando de maneira prática; aproximava-se dos que estavam fazendo algo de útil à humanidade; era moralmente correto; sabia que os erros nos ensinam e não adianta falarmos de coisas passadas, se não for para delas extrairmos ensinamentos, orientação e advertências; ajudava os necessitados e sabia ver o lado bonito das pessoas.

O *Debate* perdeu um grande jornalista; Rialto, um homem de verdade.

Na saída da igreja matriz de Santo Antônio, após a missa de primeiro ano do falecimento de Ivan Farina, Seu Guido se ofereceu para levar D. Elisa para casa e Fernanda para a loja. Antônio, porém, disse que elas iriam de táxi.

– Não, faço questão de levá-las – insistiu Seu Guido e completou: – Você e seu irmão também podem ir comigo.

– Então, acho melhor irmos todos com o senhor.

Logo que Seu Guido deu a partida no carro, Antônio perguntou-lhe em que pé estava o caso que custou a vida do irmão.

– Tudo em banho-maria, Antônio. O processo segue em marcha lenta e os safados andam pela cidade como se nada tivesse acontecido. São uns caras de pau. Enquanto isso, as meninas, coitadas, sabe lá Deus onde estão e o que fazem. As famílias delas, suponho, continuam pobres, e, acredito, esfaceladas.

– Quer dizer que a luta do meu irmão parece que não valeu nada? – perguntou Genivaldo.

– Valeu – respondeu seu Guido. – Ela tornou muita gente consciente do lixo que se esconde por detrás da arrogância dessa falsa elite. Ivan não lutou em vão, pode crer. Ele foi para mim como um filho; para a gente decente, um herói que lutou em nome da verdade.

Seu Guido deixou D. Elisa e os filhos em casa e levou Fernanda para a loja. No trajeto, como um pai, aconselhou-a:

— Filha, a dor e o sofrimento são o preço que pagamos pelo fato de termos consciência, de estarmos cientes de que o Universo existe e que existimos como seres humanos. Qualquer perda é difícil de suportar, mas a de quem amamos é a pior delas. Porém, Fernanda, a vida continua, não é mesmo?

— Sem dúvida, Seu Guido. Mas o pior é que não consigo me esquecer de Ivan. Ele era tudo para mim.

— Filha, amanhã cedo, quando o Sol surgir, lembre-se que ele morrerá à tarde e renascerá no dia seguinte. Você encontrará alguém que a compreenderá e a fará feliz.

— Se Deus quiser.

Seu Guido parou o automóvel defronte à loja, e imediatamente Fausto, o gerente, abriu a porta para Fernanda descer. Ela agradeceu a ambos e entrou correndo.

Pouco depois, estava atendendo a uma senhora, enquanto Fausto a observava com um misto de dó e benquerença que, com o tempo, haveria de se transformar em amor.

E assim ele pôde dar a Fernanda algo que ela um dia sonhara ter com seu primeiro e grande amor: um lar e um filho, o qual, por escolha do marido, recebeu o nome de um herói — Ivan. Afinal, Fausto também fazia parte da legião de rialtenses que costumava pôr uma flor no túmulo do jornalista exemplar, quando ia ao cemitério.

Quanto ao processo dos envolvidos na exploração das menores de idade, três anos depois, graças às artimanhas do Dr. Diógenes Franco, andava a passos de tartaruga. Tal como as investigações policiais para se encontrar o assassino de Ivan. Tanto que não se tinha uma pista sequer do homicida. Entretanto, para o Dr. Lincoln Justus, vivo ou morto, ele seria encontrado. Era ter paciência e crer que o maior amigo da verdade é o tempo. Como ele costumava dizer, cedo ou tarde haverá o poder esperançoso da justiça.

Se os criminosos ainda não haviam sido condenados, uma transformação ainda mais importante ocorria em Rialto. Adolescentes que sofriam exploração sexual mobilizaram-se, orientadas pela professora Angélica, e tornaram as discussões sobre sexualidade uma rotina saudável e frutífera. Em debates, palestras e discussões, o tema é sempre abordado para que a conscientização sobre o assunto impeça que novas meninas e meninos tenham de enfrentar os mesmos problemas.

15

Pela passagem do terceiro ano do assassinato de Ivan, Seu Guido, no editorial do *Debate*, após relembrar alguns traços da personalidade do repórter e do seu ilibado caráter, escreveu:

A VIDA POR UM IDEAL

Ideal, aspiração elevada, sublimidade, veio das línguas grega e latina. É fruto da ideia, que só existe no pensamento e pelo qual a pessoa se comporta visando a realizá-la. *Ideia*, como se sabe, é a representação mental do concreto, abstrato ou quimérico; é o conhecimento, a noção, a informação, a intenção de realizar algo importante.

Segundo a visão psicanalítica, que vem de Freud, o ideal é determinado pela fusão do narcisismo, da influência positiva dos pais e dos ideais coletivos.

Como, para Freud, a consciência é grandemente inconsciente, as ideias que se estabelecem em nossa mente brotam do inconsciente, e não são conscientes em sua origem. Quer dizer, como se vê nos atos de um líder, nem seu autor tem consciência do porquê de suas ações. Ele vai sendo levado pelos fatos e, como que sonhando, ao despertar, assusta-se com o que fez, praticou, realizou. Desse modo, sua vontade parece ter sido provocada por uma força sobrenatural. O idealista se torna herói ou encontra a morte sem ter a exata noção do que pensou e fez, do que idealizou e realizou.

O ideal do saudoso repórter deste jornal era exatamente como uma aspiração que parecia sobrenatural. Mesmo que conscientemente ele estivesse em luta contra seu ideal, este se impôs e exige ser realizado. Por esse motivo, o idealista parece estar fora deste mundo e guiado por uma força estranha. Ele só tem consciência do que fez quando o ideal já está concretizado e as pessoas o veem como gênio ou herói.

Ivan foi um herói, um herói que nos deixou muita saudade.

Saudade, aliás, é uma palavra que só encontramos na língua portuguesa, com o sentido que se lhe dá o povo brasileiro e que não é propriamente o de solidão, de onde o termo veio. *Solicitas, atis*, do latim, pode ser traduzido como solidão, desamparo, retiro; mas saudade é algo mais. É uma lembrança nostálgica de alguém, algum animal, coisa, lugar ou tempo que permaneceu na memória do coração, como diria o escritor Coelho Neto. É um misto de tristeza ou melancolia pela perda do que se teve e de prazer na recordação de um momento feliz que se viveu. A gente se lembra do triste com lampejos de satisfação ou do alegre com um quê de amargura. Ter saudade é experimentar uma fusão de infortúnio e de felicidade. Mas essa é apenas a nossa opinião. Talvez o leitor possa melhor defini-la e, da mesma forma, explicar o significado da breve existência de Ivan Farina e sua luta em defesa de uma sociedade melhor.

A saudade que sentimos de nosso querido jornalista é, mais que tudo, um bom motivo para tomarmos a vida digna que ele teve como um bom exemplo. Ivan partiu, nós partiremos. Porém, o *Debate* continuará vivo por mais anos, defendendo a justiça e os nobres ideais das novas gerações.

Biografia

LANNOY DORIN

Nascido em 1934, em Tambaú, interior de São Paulo, Lannoy Dorin é jornalista, pedagogo, mestre em Psicologia e professor. Lecionando desde 1959, já atuou na formação de professores e de psicólogos, além de ter colaborado na criação de duas universidades, dez faculdades e em torno de vinte cursos de nível superior pelo interior paulista.

A carreira de escritor iniciou-se com a publicação de seu primeiro livro de Psicologia, em 1969, pela Editora do Brasil. Antes, porém, colaborou também com inúmeros jornais e revistas, escrevendo diversos artigos. Muitos foram os livros publicados e dentre eles destaca-se sua produção voltada ao público jovem, com temáticas relacionadas aos problemas comumente vivenciados nessa fase da vida.

Todos os seus livros juvenis foram escritos com base em histórias reais, coletadas a partir de sua experiência como professor e psicólogo. Viúvo, tem hoje dois dos quatro filhos e reside na cidade de São Paulo. Lannoy Dorin considera-se realizado por poder contribuir para a formação de tantos jovens, e com esta edição de *"A vida por um ideal"*, o autor deixa entrever seu compromisso com questões ainda tão importantes para a sociedade atual.

Impresso sobre papel Polen Soft 80g/m².

Foram utilizadas as variações da fonte Sabon, de Jan Tschichold.